望山小语

俄狄小丰 著

四川文艺出版社

图书在版编目（CIP）数据

望山小语 / 俄狄小丰著. -- 成都 : 四川文艺出版
社, 2025. 1. -- ISBN 978-7-5411-7078-2

Ⅰ. I227

中国国家版本馆CIP数据核字第2024AQ9803号

WANGSHAN XIAOYU

望山小语

俄狄小丰　著

出 品 人	冯　静	
责任编辑	叶　茂	
封面设计	叶　茂	
内文设计	叶　茂	
责任校对	段　敏	
责任印制	崔　娜	

出版发行　四川文艺出版社（成都市锦江区三色路238号）
网　　址　www.scwys.com
电　　话　028-86361802（发行部）　028-86361781（编辑部）

排　　版　四川最近文化传播有限公司
印　　刷　成都东江印务有限公司
成品尺寸　138mm×208mm　　开　本　32开
印　　张　6.5　　　　　　　　字　数　100千
版　　次　2025年1月第一版　　印　次　2025年1月第一次印刷
书　　号　ISBN 978-7-5411-7078-2
定　　价　58.00元

望山小语：
质朴而深邃的
文化密语与情感织锦

一 综述

谈及俄狄小丰的诗，不得不从他的家乡大凉山说起。

我们总对故土怀有一种古老而深远的乡愁，因为故乡与土地、山川、河流、生命有着天然的联系，是灵魂的来源和归宿。大凉山，正是俄狄小丰的灵魂之源与归宿。我曾有幸前往西部大凉山的中心城市西昌，体验过令人难忘的火把节，这座人文浓厚、富有魅力的历史名城和旅游胜地给我留下了深刻印象。然而，我对大凉山的深刻理解更多源自俄狄小丰的作品，如他的长篇小说《山风不朽》和诗集《火塘边挤满众神的影子》《我的指路经》等。通过阅读这些作品，我意识到大凉山不仅是一个真实存在的地名，更是超越地理概念的名词。对俄狄小丰而言，它既是真实的家乡，也是超越故土的精神家园。大凉山，如同彝人父子连名制的名字，承载着丰富的历史文化信息，是维系传统与情感的文化密码，是一种文化象征，也可谓彝族文化的代名词。

俄狄小丰在创作上是个"多面手",既写小说也写诗歌。他的小说题材广泛,涵盖历史、现代、民族、城市、乡村等多种类型。同样,他的诗作也包含抒情诗、哲理诗等多种类型。诗集《望山小语》中的作品类型多样、题材广泛、风格各异,体现了他一贯的多样性特点。但尤为突出的是他对故乡、族群、传统的书写和情感表达,这些主题突出的作品支撑起了整部诗集,代表了他的诗歌品质。《望山小语》中的"山",既是广义上的大凉山,也是大凉山中的山峰。这些山既是物质的存在,更是情感的寄托。俄狄小丰深沉地、长久地对着那片一望无际的山脉喃喃自语,却不是直白的抒情,不是媚俗的赞扬,不是肤浅的忧郁,不是苍白的呐喊,更不是无病呻吟。他的诗歌情感丰沛且言之有物,接地气而不落俗套,给人以强烈的历史感、民族感、地域感、文化感、凝重感、忧患感、尖锐感,同时也不乏幽默感,充满了理性与感性深深交织的思想感情。

俄狄小丰的诗歌之所以具有鲜明的个性和厚重的质地,是因为他的创作根植于彝族文化的深厚土壤,或者说立足于源远流长的彝族文化根脉。彝族是中国最古老的民族之一,创造了丰富灿烂的文明。其语言、文字、艺术、宗教、哲学、礼俗、服饰、历法、节日等自成体系,独具特色。俄狄小丰自小在彝族文化与外来文化共生的环境中长大,接受多元文明的熏陶,汲取多方养分,融会贯通,用汉语拾取彝族文化元素,构建了属于自己的文化表达、情感表达和思想表达。他的《望山小语》与之前出版的几部诗集一样，始终贯穿着源自大凉山的古老文脉，同时也闪现着与时俱进、包容万象的文思与哲思，让读者在字里行间感受到浓郁的民族色彩与深邃的人文情怀。

二 文本

深沉的"情感织锦"。俄狄小丰的诗歌从不缺失情感，而且往往多种复杂情感交织在一起，如同"情感织锦"，形成一幅幅意境深远的诗歌画卷。诗集《望山小语》中作者频繁回望故乡，群山、村舍、石头、草木、溪流、鸟鸣等等，都成为情感的承载物。这些情感深沉而真挚，直击读者心灵深处，极易产生共鸣。例如，在《回乡感怀》一诗中，诗人通过村民、房舍和石头这"三脚架"的意象，构建了对故乡一草一木的深刻记忆与无尽怀念。《我的乡愁》一诗则写出了一种层层递进、十分特别的"人文乡愁"，不仅触及遥远而温馨的记忆碎片，还深深扎根于日常生活中最质朴、最平凡的物件之中。母亲背过的水桶和竹篓，父亲用过的木斧和犁耙，以及被烟熏得黝黑发亮的锅庄石等等，不仅是工具和家具，它们是过去生活方式的缩影，更是连接作者与故乡情感的坚实纽带，承载着久远的记忆，见证了岁月的流转，映照出作者内心深处对故土的无限眷恋。"如果经常入梦的祖辈也是乡愁/我得寻找一处开阔之地/把他们一一排好队/以免一窝蜂涌入我单薄的诗行"，诗中的这段将乡愁推向了更深的层次。祖辈们的身影，如同守护神一般，在作者的梦境中徘徊，提醒着作者勿忘来处，勿忘根本。作者渴望为他们找到一片开阔之地，让他们在自己的心灵世界中得以安息。至于"那些流失在村庄里的一句句金子般的古老谚语"是先辈们智慧的结晶，承载着一个民族的记忆与灵魂。可是，这些文化瑰宝在外来文化的强烈冲击下，面临失传危机，让作者感到无限忧伤。这样的"人文乡愁"细腻而深刻，令人动容和深思。

独特的"文化密语"。俄狄小丰用诗歌的方式将个人的情感体验与对故乡、族群、传统的深刻理解融为一体，使得该诗集具有鲜明的民族特色和地域特色。例如，《彝人与火》通过火的意象展现了彝人对火的崇拜与依赖，以及对生命、爱情、友情的深刻理解与感悟。火在这里不仅是生活的一部分，更是民族精神的象征。《他们说》一诗描绘了南高原村寨中老人们对传统高贵理念的传承与颂扬，展现了浓厚的地方文化特色和深邃的哲理思考。诗中通过老人们的话语，生动地展现彝人独特的文化传统和价值观。从将牧羊作为最高贵的农事，到绵羊的忍辱负重，再到毕摩的智慧与敬畏自然的观念，每一个细节都透露出深厚的历史底蕴和文化积淀。诗中不仅描述了具体的文化习俗，还蕴含了深刻的哲理思考。比如，关于绵羊的描绘，既体现了对生命尊严的尊重，也反映了人们面对困境时的坚韧与沉默；而关于高贵品质的阐述，则强调了内心的平静与坚定，以及对外部纷扰的淡然处之。整首诗歌以"他们说"为线索贯穿全文，每一段都以"他们说"开头，引领读者进入一个个充满智慧与情感的场景之中，既保持了结构的紧凑性，又赋予了诗歌一种娓娓道来的节奏感。这首诗歌的艺术价值在于，不仅成功地展现了南高原村寨独特的传统文化魅力和精神风貌，更是对现代社会的一种启示。它提醒我们，在快节奏的现代生活中，不应忘记那些古老而珍贵的价值观和文化传统；同时，也应学会在纷繁复杂的世界中保持内心的平静与坚定。从中可以看出，俄狄小丰试图将自己的诗歌打磨成一种"文化密语"，努力传递彝民族的深层文化信息，这需要读者去细细解读。

深邃的"语言意境"。俄狄小丰的诗歌语言风格多样，有的简洁凝练，有的口语化甚至书面语与口语混杂；有时惜墨如金，有时洋洋洒洒。但无论精炼还是松散，都与其书写内容相得益彰。总体来说，他的诗歌语言质朴无华，却蕴含深远的意境。例如，组诗《望山小语》以山为轴心，用平凡的语言巧妙地编织了人与自然、故土与离愁、传统与现代交织的丰富意象，展现了诗人对生命、文化、历史的多重思考。如"留在高地的童年/至今跟群山的轮廓一样清晰"，以及"而我，只为治疗一种眼疾/用那山色，用那朦胧的山脊线"，诗人借山抒发乡愁，山成为连接过去与现在的桥梁，是心灵得以安放的港湾。这组诗歌同时巧妙地融合了自然景色与人文情感，将山的雄伟壮丽与人的生活、劳作、信仰紧密结合。如"安居于群山间的族群/敞开着给我呼吸与浮想的古老门窗"。诗人在赞美山的同时，也不忘对人与自然关系进行深刻反思。如"不要诅咒一座山/即使它拖累了你的脚步"，以及"一个农民/矫健地伸展四肢/在大山的怀抱拉出一个坚韧饱满的姿势"，这些诗句既表达了对山的敬畏，也寄托了对人类坚韧不拔精神的赞美。整组诗歌语言优美，富有诗意，且画面感极强。如"能够形容你的词语都高高在上/有的是动词，挂在招风的树梢/有的是静词，坐在山顶晒太阳/有的是谚语，粘贴在飞鸟的翅膀上"，以及"几棵低矮而精瘦的树，默然立于高山之巅，每一根倔强的细枝，都刺得无辜的风大声尖叫"，这些语言生动、立体，自带画面的意境跃然纸上，让读者感受到了山的呼吸与脉动，体现了作者丰富的想象力和创造力，是语言艺术的一种高境界。这组诗歌结构严谨，每一首都独立成篇，但整体又紧密相连，形成了一个以山为主题的宏大叙事，从对山的直接描绘到人与山的情感互动，再到对生命、文化、历史的深刻思考，展现出一种深邃的精神世界。

总之，《望山小语》是一部情感真挚、特色鲜明、哲理深刻、语言质朴、意境深远的诗集，是对彝族深厚文化底蕴的现代诠释，具有较高文学价值。相信在未来的文学道路上，俄狄小丰将继续书写更多特色鲜明、感人至深、发人深省的作品，为文坛增添更加亮丽的色彩。

阿文（原名王祖文，黎族，媒体编辑）
2024年9月写于海南

我习惯与静物对话

——代自序

我时常在他乡异地

与久别的故土呢喃

也时常在夜阑人静时

和不朽的先民促膝长谈

我时常在空白的纸张上

填补生活的裂缝

也时常在孤独的角落

同另一个自己窃窃私语

我爱站在朔夜的窗前

将手伸向浩瀚苍穹擦拭繁星

也曾凝神与远方的大海共鸣

只要我还有仰望的勇气

我与群山的对话就不会结束

只要我还有低头的温柔

我与江河的对话就一直继续

我就这样习惯以直白的笔触

同一切沉默的事物绵绵细语

但这并非因为只有它们不会干涉

我的自由

也并非因为只有它们不会拒绝

我的矫情

更多时候，是因为我需要

借助它们获得心灵的愉悦与慰藉

2024年7月于凉山

目录

回乡感怀

村民、房舍和石头
是一副古老的三脚架
撑起我那远山间的故乡
当我流入城市远离绿色溪谷
只要村民、房舍和石头都无恙
矗立心头的"故乡"两字就不会坍塌
山谷间那条四季呜咽的小溪
就一直灌溉着一茬茬根系粗壮的梦

这些年，我偶尔回乡看看
看看那副三脚架是否依然古老
是否依然稳固如初
只是当我佯装游子出现在村口
就连不善猜度的石头也能识破
我那一身做旧的行头下
包藏的忐忑

其实啊，无须一瓢清水的冲刷
他们和它们也能看出
我仍然是一颗能够在山地
生根发芽的种子
浑身呈现土豆、玉米和苦荞的颜色
如同村中那些被四处搬动的石头
从不因挪窝而变得轻浮

为了营造久别归乡的仪式感
同时也表达些许亏欠与感恩
从村口到家门口的这段路程
我总是以徒步的方式走完
尽管那只有几百米的距离
不曾忘记，年少时每次离开故乡
都会在这段路上一步三回头
行至村口还要流下两行热泪
现在，我仍时常告诫自己
外出的脚步要慢一点，再慢一点

当我在故乡的羊肠小道上穿行
路边一块块大小不一的石头
有的紧盯着我不放
仿佛我背负着遗弃它们的罪责

恨不得起身将我扑倒

深深嵌压进褐色的故土里

成为村庄历史上的一个符号

有的则对我视而不见

那是因为它们发现我两手空空

担心打照面会让我无地自容

就是这些沉默不语的石头

总是比老乡们更理解我

如同森林理解山风并非自由

大地理解石头并不沉重

因而在我眼里总是更加亲切

它们有的和一些英雄相像

有的则像传说中的神人

总之都不似老乡们那般

什么都不像，只像他们自己

一生只顾如何轻松站立与躺卧

还好，每次回乡

都未发现村民、房舍和石头

有相互嫌弃的迹象

珍藏于心的"故乡"两字

便又坚固了一点

他们说

在南高原那些山高路远的村寨
我遇见过很多胡子花白的老人
听他们讲过许多高贵的传统

他们说
牧羊是最高贵的农事
因为最初的祖先
依靠牧羊才把后代繁衍了下来
就连历史上那些权柄在握的君主
也以执鞭放牧为荣

他们说
世间最高贵的生灵莫过于绵羊
不管落入虎口还是迎接屠刀
绵羊总是紧闭双唇不发一声哀嚎
它们是忍辱负重的象征
所以，当我们需要绵羊献身时

不会动刀放血

而是让它们干净地死去

他们说

毕摩①是凡人中的智者

他们把已知的一切

和未知的一切都揉进经书

他们给予众生勇气的同时

引领我们敬畏自然

当我们听不懂某些卜辞

而感到困惑时

他们会告诉我们无须担忧

就连鬼神也只是自然的一部分

他们说

闲时走亲访友是高贵的消遣

但不必走遍天下

也无须认识更多的亲友

假如你是背井离乡的游子

你只需经常回到故乡

---

① 彝语音译，意为"念经"和"有知识的长者"，是彝族传统宗教中的祭司。

与那些容易滑出记忆的事物

不断重复近距离的接触

哪怕只用眼神确认一下

内心的亲情就不会老去

他们说

那些真正高贵的人

会把别人污蔑自己的流言

抛入空中让风吹散

也懂得把别人痛击自己的恶语

丢入沟里让水冲走

如同一个没有长耳朵的人

这样的人，总是稳如磐石

成为寨子的顶梁柱

他们说

高贵的客人总是懂得盛装出访

即便是赤足而往

临门之际也要擦掉脚上的尘渣

而高贵的主人总是敞开着大门

哪怕没有美食可招待

也绝不让火塘熄灭

他们还说

高贵的男人说话满嘴谚语

高贵的女人裙摆遮掩着脚踝

……

就是这样

在南高原那些山高路远的村寨

总有许多胡子花白的老人

心驰神往地讲起过去的事情

路过家族的火葬地

有的死于疾病
有的死于战争
有的自寻短见
有的英年早逝
有的寿终正寝
正常或非正常
他们没有一个被埋葬
如同生前没有一个被高举

他们通过烈火
留下或多或少的灰质
成为泥土的一部分
从而实现，肉身还给自然
魂魄追随祖灵的夙愿
而最终，他们归于虚无
毫无保留
从而让后人保持自由呼吸

传统的男人们
曾经无须理由地
为自己坦荡的姓氏感到骄傲
传统的女人们
曾经无须理由地
为自己能够隐姓埋名深感欣慰
而传统的家族
当它留不住随风飘散的游魂
它需要一个可以搪塞众神的理由
但已无从找寻

我那不曾谋面的祖父就在那儿
我那不曾谋面的祖母就在那儿
还有许许多多叫不出名字的祖辈
就在那儿谈笑风生
他们多数与我素昧平生
但他们一旦化烟而散
这里的每一棵树便都是他们
这里的每一块石头便都是他们
当我从旁经过
我们便可四目相对，窃窃私语

路过就是路过
我绝不涉足他们的领域
我也不否认我终将走近他们
但那还需漫长的时日
这中间我可以做很多事情

比如，打开他们留下的经卷
让古老的文字汲取日精月华
发出穿越时空的声音

比如，定期擦拭自己的姓氏
让它保持适度的亮光
而无须张口自报家门

又比如，凭借想象为他们
雕刻一张张超然物外的面孔
再用神话中的人物命名
并将他们安放成一个个路标
······
而最终，让他们张开双臂
笑迎一个懂得回家的孩子
便是我之所愿

鸦语飘荡的村庄

（一）

如果乌鸦在这个村庄绝迹
可以把这块蹲守在村边的巨石
当作一只失语的黑鸦
它不会泄露任何秘密

（二）

通往寨子的路从旁经过
说远一点，通往深山的路从旁经过

走入族群的路从旁经过
说近一点，连着土地的路从旁经过

走出寨子的路从旁经过
说冷一点，背井离乡的路从旁经过

离开母亲的路从旁经过

说热一点，连着梦想的路从旁经过

（三）

老去的人被抬出去

再也回不来

但送葬的队伍依然在旁边来来往往

出嫁的女子被背出去

从此成了外乡人

但送亲的队伍依然在旁边来来往往

无数的人进进出出

无数的梦纷纷跌落

只有村口的巨石黑鸦不曾忘记过去

一切的声音都在为它代言

（四）

每一条路
都被走成流淌时间的河流
绕过巨石的那条山路也曾波涛汹涌
汹涌如站在巨石之上目送嫁女的母亲
汹涌如蹲在巨石之上送葬哭丧的老人
巨石，岿然不动
一切的站立和躺卧都是它的形象

曾经坐在巨石上梳头的女孩
隐入了旧时光
曾经躺在巨石上晒太阳的男孩
他们的笑声已在风中嘶哑
只有苍老的母亲们
至今还时常爬到巨石上
有时晾晒吃了一辈子的酸菜
以及压在箱底有朝一日必穿的素衣
有时站在风中撑着摇摇晃晃的身躯
筛谷子，一并筛洗那些已经模糊的记忆
剔去饱含风雨的日子
等待孩子们从远方归来

（五）

前面是一条条险象环生的路
他们甘愿倒在途中充实路基
他们的确这样做了

前面是一条条荆棘密布的路
她们宁可死在路边腐朽成木
她们的确这样做了

他们的执着和她们的勇敢
不会写在宗教的书籍里
没有人堵住后路
但他们别无选择
而村口那只不死的黑鸦
见证了这一切
你若想打听打听
就勇敢地爬上去吧
你会听见金色的鸦语在空中飘荡

望山小语

（一）

能够形容你的词语都高高在上
有的是动词，挂在招风的树梢上
有的是静词，坐在山顶晒太阳
有的是谚语，粘贴在飞鸟的翅膀上
它们都高过你的头颅
你无法和它们一一握手
你以盘腿而坐的姿态入世
留给我们一个坚实的象形文字

（二）

居于低地
抬头就能望见连绵群山
不失为一件人生幸事
至少不必担心

视线被钢筋水泥冻伤

（三）

即便离家万里
只要有山做伴
便不曾背井离乡

（四）

留在高地的童年
至今跟群山的轮廓一样清晰
那些常年被星星和月亮
眷顾的山民，以及鸟兽
脚步和翅膀不曾迷失
而那些无法把故乡背往城市的人
他们的影子总是落在月光下的窗前
凝成一地的霜

（五）

凭栏望山

有的只是欣赏美景

有的只是惦记山中宝物

有的只是怀念山居往事

而我，只为治疗一种眼疾

用那山色，用那朦胧的山脊线

以及山风中隐约飘来的母语

（六）

家里和办公室里

那些有着源于山地民族的

朴质彩绘的物件

时常指引我在忙碌的间隙

望向那，群山之中深沉地流动着的颜色

望向那，被冷暖交织的眼神渲染的天空

（七）

安居于群山间的族群

敞开给我呼吸与浮想的古老门窗

我相信，那片透风的土地

生长着无数快乐的精灵

我相信，那片冷峻的土地
还生长着一些抱石取暖的思想

（八）

不要诅咒一座山
即使它拖累了你的脚步
因为山不是沉默的
更不是孤独的
任何一座山，最不缺的
都是自以为是的人类

（九）

一个农民
矫健地伸展四肢
在大山的怀抱中
拉出一个坚韧饱满的姿势
猛地跳进自己的一亩三分地
溅出一片银白的光芒
照亮了我深陷城市的骨头

（十）

住在山顶上的农人
保持着最后的二牛抬杠的农耕景象
他们努力安顿好每一天
把幸福一点点积累起来
传递给走出山乡的后代

（十一）

故乡在高山之上
我却试图在山下寻找
另一种高度
路越走越远
曾经高傲的头颅
却越来越低
而当我再次回到故乡
发现脚下那条粗糙的人生轨迹
终于首尾相连，严丝合缝
这时我才明白
人生追求的不是高度
而是一个圆

（十二）

在故乡大凉山
每座村庄都有青山做依靠
如同每个彝人都紧紧依靠在
庞大家族的一根树干上
来，你也靠靠
当你抬头，定会发现
那上面的树枝上
结满了大小不一的坚果
当它们因成熟而落下来时
你会听见
一个个掷地有声的名字

（十三）

金沙江两岸
呼啸的山风
日夜雕刻着静默的群山
而那重叠耸峙的峰峦
雕刻了蓝色的天空

以及我们坚毅的脸庞

（十四）

几棵低矮而精瘦的树

默然立于高山之巅

每一根倔强的细枝

都刺得无辜的风大声尖叫

惊醒着那些沉埋于浅土之下的

高贵的骨头

以及移动于山间河谷的

无法辨识的头颅

（十五）

一架架高耸的风力发电机

宛如史前巨柱

突立于山脉之上

布下了巨大的道场

来吧，让我们一起召唤

毕阿史拉则①归来

请他面向广阔天地

念一段金色的祝词

（十六）

而立之年

第一次登顶故乡最高的山峰

了却俯视一次故土的心愿

顺便做了一次愧对先民的

匍匐仪式

唯一的遗憾是

因为公路已通达峰顶

而无法步行到达

没有体现出一个彝人

应有的虔诚

而我能触摸的只有故乡的山脉

————————

① 彝族历史上最著名的毕摩（祭司）。

（十七）

即使站得再高
也仍然与土石相连
如同脚下高耸的山峰
它那古老的名字
也来自炊烟袅袅的民间

（十八）

险峰之下的绝壁
鹰留下巨大的空巢
也留下了巨大的问号
远方，一些空洞的故事
正在套牢一双双
羽毛未丰的翅膀

（十九）

鹰未曾俯视过的地方
总有崇拜鹰的彝人
穿上洁白飘逸的披风

站在高处张开双臂

投下一只只鹰的影子

一个民族历史上的全部悬念

就在此刻若隐若现

（二十）

世间有着无穷的山河

如果要悉数它们的壮丽

我会把奔腾的金沙江

放在最后，再把大凉山

安放在它的岸边

正如你赞美自己的家乡

时间在高山之巅迎风而立

只有来自民间的山风
能够嗅迹抵达这里
并保持不谙世事的纯度

这个时候，我所拥有的
比以往更加真实
包括所有的亏欠
以及乡恋，都在辽阔的心底
如雨后春笋竞相冒出

轻浮的白云
包裹着沉重的思绪远逝
身携的凡尘化作风中的雨丝

这个时候，我的富有
比以往更加殷实
山下的果树、庄稼、牛羊

和灿烂的季节

所有的收成

都只属于付出汗水的乡民

而包含了乡民和乡民思想的全部风景

以及

——但凡在我眼中留下底色的一切

但凡在我心间留下感触的一切

都是我的所有，看不见的财富

谁也不可染指

哪怕是远方的惊鸿一瞥

甚至那无意梦见的属于别人的事物

也带上了我的气息

站在久违的高山之巅

我终于变成自己的王

特赦了禁锢于过往间的一切杂念

一旦我下了山

透明的时间便替我迎风而立

稳占这关乎诗与远方的山巅

彝人与火

（一）

带着喜悦扎好的一把把篙枝

被牢牢收藏在隐秘的阁楼之上

待到期盼中的那一天傍晚来临

再轻轻地将它取出

抛洒适量的亲情与友情

用明炯的目光点燃

这样的夜晚啊

山里的人都轻飘飘地飞了起来

变成闪亮的萤火虫

永生不灭地点缀在时间之河的沿途

而爱情，远远躲在森林里

不分昼夜，伺机而动

摘取一年中最好的果实

（二）

有火光照耀的地方
我们总是心甘情愿
将命运交给呼啸的风

也更愿意将鲜活的生命
塞进女人长长短短的蜜语中

而在那风雪交加的长夜
只有摇曳的火焰
能收买我们的心肠

（三）

我对春天满怀希望
那是因为寒冬的深处
必有一方火塘在等着我

我对大山充满敬意
那是因为云雾的深处

总有几句热心的话儿等着我

最美的美
美不过火塘边的一张张笑脸
最热的热
热不过一句句含蓄的心里话

（四）

静得能听见血液流动的声音时
听见您在远山颤颤地召唤
身边燃着安详的篝火
这样的孤独不会出现在沉睡的梦中

吵得无法听见自己的呐喊声时
看见您站在近处轻颦浅笑
手持柴香四溢的火把
这样的迷离不会在招魂的经师口中吐露

您是另一个世界
一场举行了千万年的仪式
是无数关于火的命题的总和

最终，您是命中注定
熔化我的那一束蓝色烈焰
是在母语史诗中晶莹闪耀的那片冰雪
孕育出的花朵

（五）

那些我能细数又无法携带的
包括一块石头
那些我曾暗恋最后又放弃的
包括一条小河
那些我曾憎恨最后又原谅的
包括一座悬崖
以及那些没有名字的一切
都被故乡的火把照亮
包括我脚下这条逆行的路

（六）

最热的时候
想起您
只有您如此欢快

最冷的时候

想起您

只有您如此暖和

您是生命之火

却从不属于任何人

如同风，不能被占为己有

（七）

我们在山里随机降生

或富或贫，或热或冷

终时都成为神圣葬礼的主角

两把结实的柴火

风雨无阻

将我们引向野外，把躯壳化为乌有

一簇簇火焰

在灵与肉之间升腾

散发着令人敬畏与尊爱的光芒

魂魄因此成祖

端坐于后代的额头之上
成为一尊尊被顶礼的神

而最终，我们和他们
都居于火中，安若泰山

鹰　迹

栖息于深崖的鹰
无意把翱翔的影子
投落在脆弱的大地上

鹰不知道
它们曾经被视为神界灵物
在言辞和仪式中高高在上

当鹰之图腾
成为血脉的象征
挑衅的话语便在季风中
交织千百年

崇拜雄鹰的族群
他们的头颅曾经高仰为峰
他们的悲壮曾经与山齐名
他们未曾留下可循的足迹

如同茫茫苍穹飞翼无迹

鹰立绝顶
一如不动声色
但未来的轨迹
已被强风预见
鹰，因此诚惶诚恐
或避藏深山，或游离荒野
在我们的梦乡趋于绝迹

而鹰留在人间的后代
已降身为雀
每日在市井丛林追啄虫豸
相互谨防，老了便收紧双翅
在树荫下正襟危坐
缩成一截腐朽的枯桩
等待随风而至的末日

在南高原
在一条通往繁华城市的公路边
在一面低矮的农舍的墙上
一只白头山鹰展翅飞翔

风无法吹落它羽毛上的尘埃

其实，鹰的巨翼
早已被颂唱者的手臂代替
而那些被笼罩的思想
欲在迷雾中开出金色花朵
瞧瞧，那一面数平方米的墙壁
已经足够装得下巨大的幻想

走过那片火热的高原
路旁一座座空无鹰迹的高山
在阳光下懂得了低垂

画是好画
不知远隐的鹰是否知情

热 土

这山与那山
都是亲戚
白云将它们相连

陌生的你和我
都是亲戚
头上不亲脚上亲

如此讲亲戚的地方
不讲亲戚
容易被拒之门外

两处的石头
本来不相识
被人捡在一起便相识

鸟儿和树木

本来不相识
鸟儿落在树上便相识

如此重友情的地方
不重友情
容易被扫地出门

山 风

自从原始先民懂得
搭棚为家的那一刻起
无孔不入的山风
便养成了挨户探访的癖好

它们悉记着山民的所有家财
以及全部的秘密
好在它们呼啸的语言
至今无人能懂

闻鸡思故乡

二十五岁那年我落户市井
留下老宅，密闭储藏那些
搬不进城市的物件
比如风柜、犁铧和锄头
以及一些搬不动的执念

多年过后老宅还在
风柜、犁铧和锄头
像艺术品一样摆在原地
它们身上厚厚的灰尘
仿佛是从我日渐风化的身上
落下的皮屑

而往昔那些莫名的执念
已沉淀于墙角，凝结成
一段二十五年长的古老历史
那是我混迹城市之前的人生

抑或一部厚重的幻想史

翻开扉页，依稀可见

时光的葱绿，和乡间

旺盛生长的方言俚语

以及，村中的雄鸡

一如既往，准点啼醒黎明

走出乡关

何时再闻

雄鸡一唱天下白

鸟　鸣

假如你来自乡间
去往城市多年
村口的树林里
便会有一声鸟鸣
不分季节，等待
在你回乡之时叫响

而叫出什么样的声音
全在于你怀着何种心情
或带着什么模样
回到久违的故乡

山　河

每次看到别人画的山
那些我曾见过的山
便会一座座从眼前渐次移过
但有一座山
总是在后面隐约重叠
并稍稍高出半截山头
成为挥之不去的背景

每次读到别人写的河
那些我曾见过的河
便会一条条从耳际渐次流过
但有一条河
总是在脑海里潺潺而歌
并稍稍高出半个音
成为挥之不去的配乐

毋庸置疑

山，是故乡的山

河，是故乡的河

我的乡愁

离开故土的人
总是有剪不断的乡愁
有的乡愁，是一首老歌
有的乡愁，是一杯老酒
有的乡愁，是一片游云
有的乡愁，是一轮明月
有的乡愁，是一个故事
还有许许多多的乡愁
不可名状

而我的乡愁
是一些很俗很俗的物件
比如，母亲背过的水桶和竹篓
比如，父亲用过的木斧和犁耙
以及被烟熏得黝黑发亮的锅庄石

如果经常入梦的祖辈也是乡愁

我得寻找一处开阔之地
把他们一一排好
以免一窝蜂拥入我单薄的诗行

其实，我最难割舍的乡愁
是那些流失在村庄里的
一句句金子般的古老谚语

母语之盐

我们走出大山
随身携带被火焰淬炼过的母语
顺便把故乡折叠打包
藏于行囊的底层

如此，在人潮汹涌的都市
便感觉不曾离开森林和泉水
那些漂泊的灵魂
会被一句句古老的谚语温热

最终，我们无一例外
都会被母语带回故乡
也许，是在招魂的诵经声中
也许，是在母亲的呼唤声中
也许，是在思乡的歌唱声中
又抑或，在悲痛的哭丧声中

在这些纯粹的母语之中
描述我们的任何一个词语
都被视为蜂蜜和食盐
闪烁着人性的光芒
我们无论站着还是躺着
无论是否还有气息
都会闭目凝神而听

而最终，我们都会被
一句句清澈的母语唤醒
像鸟群一样
栖息在时光凝滞的山野间
自由自在

游子的诗行

住在偏远的小城

时常想念更加偏远的故乡

每次遇见刚刚进城的乡亲

感觉就像见到了那个久违的地方

他们蓬乱的头发，是故乡的树林

他们清澈的眼睛，是故乡的天空

他们灿烂的笑容，是故乡的阳光

他们清晰的轮廓，是故乡的山脊

他们粗犷的皱纹，是故乡的沟壑

他们宽厚的肩膀，是故乡的牧场

他们坚硬的拳头，是故乡的卵石

他们含蓄的语言，是故乡的清风

……

总之，他们风尘仆仆的身影

就是故乡的模样

而在没有闻见乡音的日子

我总爱用直白的词句抒写故乡

写着写着，就写没了故乡的丑恶

写着写着，就写没了故乡的粗俗

写着写着，就写没了故乡的忧愁

写着写着，就写没了故乡的迷茫

写着写着，就写没了故乡的清贫

甚至写没了故乡的风和雨

啊，要是我写没了故乡的烟火

我又将何处探寻

那些被母语赋予历史的古老家园

越过群山

在萨河拉达故乡
抑或，在你美丽的家乡
我们曾经在阳光下结伴行走
行走在高高的山梁上
我们不停地歌唱
口哨是唯一的乐器

我们的剪影五光十色
长长地映于山脚下的故乡
长长地抱紧那些跑过光阴的事物

越过群山
我们把美梦都留给
山谷里的村庄
那里有着单纯的白天
和善良的夜晚

消失的季节

（一）

这一天
我们躲在披毡里面
体验时光浮华远逝
历史的冰川
在我们枕边层层消融

（二）

大凉山，管筒里的视野
是我们余存的世界
而黑披毡的季节正在消失
古朴的山寨在虚幻的言表之上
变成干柴烈火
但那些被崇仰的火种
就是不能把您的筋骨

炼成金刚或者炭灰

无数次的火葬

是圣火唯一不变的诞生与泯灭

（三）

大凉山，某个季节定要剥走

我们有色的肌肤

您会把赤裸的痛楚留给谁

无数的山寨我们已背逆走远

只有女人们的花边裙

还在梦中的故乡窸窣轻响

而我们远遁的足音

是最后一首思念的歌谣

（四）

这一天

阳光布满皱纹

飞箭般越过我们枯黄的头颅

让黄昏提前抵达寨子最深的明处

这时

老人们的年龄

汇成一条金色的河流

途经我们冥想的天际

放牧的歌者

静坐于崖尖

面对一座岿巍的山

细凹的双眼开放我们最后的归宿

这时

寨子出奇宁静

失啼的雄鸡

啄伤我们昏迷的神经

入夜的撒合拉达

（一）

傍晚来临

撒合拉达铺开叠置于墙角的夜幕

让一天的风尘轻轻落下

然后盖实四肢

蒙头入寝

一如星空的风景

无数光年孤独苏醒

（二）

厚厚的夜

厚厚的黑色透明的巨被

让撒合拉达这具消瘦的躯体

立刻变得肥胖而隐秘

于是

巫的皮鼓开始在它的额头疯狂奏响

让通天的灵光闪现于垂死者眼前

而祭司们接着在它的牙齿上面

掌灯寻觅走失了千百年的经文

还有情侣们依旧在腋窝里幽会

臭虫们依旧在肌肤上面潜行

强盗们依旧在脚踝处捆绑

撒合拉达

依旧在被窝下面

深睡如纯洁的少女

把初生的躁动压在身下

无声无息

而风暴开始在夜的边际起舞

（三）

撒合拉达

我们悠居的故乡

土墙和堆积的岩石

兽群与栅栏

人与黏土

年老的风和年老的羊

年老的盐槽和年老的铁具

我们一起注目森林幽深

我们一起凝听山泉幽咽

（四）

夜半时分

无声的风暴途经撒合拉达

悄悄刮走它身上厚厚的黑裳

让黎明突如其来

让星辰落荒而逃

我们的山寨随之被时光遗弃

从此永不入夜

下凡的神灵便无法到达

苍髯的祖母便无法年老

我们最终成了不死的怪物

睁着双眼怀念死亡

山　鼓

遥望大西南，山脉侧卧
高地之上，彝人的寨子
连绵不尽，你若敞开胸怀
四季皆有火焰相迎
温暖人心，也焚尽生命

你如停留山间
偶尔会听见羊皮鼓在山头狂响
让沉寂的时间忘记步伐
巫的语言击碎悬吊的石头
一次又一次
人类微弱的呻吟
被风吹送到野外的牛羊耳际
它们替我们感到疼痛
抬头目送匆匆的行人

这个时候，你会想起

远方的繁华都市汽笛齐鸣

金属的时空突然畸变，将你夹击

两面都有鼓声雷动

你只能按下心中的疑问与困惑

接过彝人的酒杯一饮而尽

而那些颤音沉沉的诵经声

不必听懂，只需抚摸以示敬意

这个时候，你该释然自如

否则，再来一杯吧

路过古寨

（一）

一个年轻人
一丝不挂地在村里奔跑
手里紧抓着一个手机
手机里播放着一首
名叫《出山》的歌
人们都说他昨天还好好的

（二）

在舍隆夫基山口
见风就是雨
没有一个英勇的传说
能抵挡垂直下去的土路
无论面朝何方
背后都是古老的背景

前面都是无尽的海洋

（三）

一位老母亲气鼓鼓地
坐在开满白花的梨树下
埋怨他的儿子不听劝阻
在日落时分剪了头
她觉得那个什么都懂的
乡间理发师，很阴险

（四）

坐在屋檐下乘凉的白发老妪
捏着一张毛巾不停地擦汗
见了我就说
要是有人能拿一根针
把天空刺出几个洞
天很快就会下雨
旁边的孙子赶紧告诉我
他试过了，没有用

（五）

通往史顿阿莫①的山谷间

开满了白色鸢尾花

天空中若即若离的浮云

充满了很深的想象

深过山中裸立的每一面悬崖

先民们迁往山头走出的路

是一声穿越时空的漫长的叹息

史顿阿莫，古老的屋基

那里还有零星的栅栏

坚守着古寨的旧痕

---

① 地名，原意为老屋基。

故　园

故园的旧栅栏
仍然坚守着家族的历史

历史的每一行
都生长着旺盛的燕麦和土豆

沾满血腥的几笔
一直被厚厚的白雪覆盖

阳光下的院落
朗朗的诵经声曾经回响百年

诵经人的后裔
已迁往城市并习惯哑口无言

躬耕的母亲
曾在篱笆墙内撒下箴言的种子

骑竹竿的孩子
至今还在我的梦里驱赶鸟雀

捕鸟的绳索
多少年后仍拴住我的童年

村边的树林里
思念的歌谣化作天籁四季不息

远方的故乡
在我的诗歌里温暖成一方火塘

那一天

要是那一天
春天甜美的雨露
随着你早出的身影飘向田野
妈妈，绿色的美梦就在眼前
我就会在远方喜不自胜
仿佛秋天的果实
早已把村庄映得一片金黄

要是那一天
夏日轻柔的夜晚
跟着你回家的脚步习习降临
妈妈，山谷的呼吸平缓如常
我就会在喧嚣中酣然入睡
仿佛冬天的火塘
温暖了冒雪归来的牧人

无论那一天是否真的来临

我都会洗净世俗的双手

轻抚那些怀揣荞麦和碎银

永远沉睡在村庄历史上的人

他们终其一生躬耕土地

只为植入自己朴质的根脉

让森林、庄稼和色彩

成为后世身上无法褪去的烙印

是的，无论那一天

是否真的来临

我都会轻抚一片鲜嫩的叶子

感知神明的降临

回乡偶书

（一）

年少时我经常无所畏惧地
独自赶夜路
多数时候是爬山
累了就拉扯路边的杂草
让路感到疼痛而不至于打盹
我的脚步因此不曾踩空

一路上我也会想起鬼
便不时干咳几声
警告它们最好在故事里静默
如今的人世不比往日
它们的角色早已被人替代

不惑之年再临深山
却已不敢独自走夜路

（二）

我们的历史

写在雄浑的山野之上

那是凛冬与春景交织的篇章

祖先们用铿锵脚步，踩出

一条条与神话相连的土路

每当我穿行其间

耳边总有古老的嗓音复活

连路旁的草木也静静聆听

这时，我身上属于山民的成分

便随之增加，一些骨头形如斧柄

我因而深信，镌刻在山坡上的

属于我的那一小段历史

更加难以剥离了

（三）

筑巢山间的族群

他们的世界壁垒林立

他们也许为此感到

压抑，也许相反——
正是有了群山厚重的阻隔
他们的目光才不会陷入
无边无际的迷茫
正是有了群山严密的包围
他们才活得像古柏一样坚韧

他们甚至认为
正是有了山峰的托举
日月星辰才映入眼帘

（四）

山地之上
一些跌宕起伏的历史
浓缩在一方方火塘里
火种不熄
历史就不会冷却

如果火塘熄灭了
就在我们的血液里
寻找历史

那些温暖的传统

和冷酷的悲壮

一直寄宿于此

（五）

大山深处

那些曾经看着我长大

现在已认不出我的人

他们比时间更老了

但我还记得他们

因为我懂得用诗歌打败时间

当我近身问候他们时

他们已无法从长相上认出我

但我一开口

他们就立刻叫出了我的名字

这说明，离乡二十余年后

我那从小沙哑的嗓子

依然与故乡息息相关

（六）

每次回乡都会发现

一些熟悉的人已经不见

他们有的去了远方

有的举家迁往城市

有的闭门不出，不再眷恋尘世

有的已然寿终

有的干脆不知去向

包括那个去沿海城市打工后

失踪了二十多年的老乡

依旧杳无音信

他的子女也许还会再等二十年

只是，村里的住户越来越少了

如果哪一天村庄消失了

他将魂归何处

（七）

宽阔的通村公路上

车辆昼夜穿梭

无故摘去许多人的睡眠

山风因此变得无序
扰乱了季节的脚步

外出务工的村民依然不减
村庄的农耕气息日渐淡薄
春姑娘来到撂荒的土地上
被杂草绊倒而花容失色

（八）

那些悄然消失的老物件
正在与孩童们擦肩而过
将来的他们也许会心存向往
但可能不知念旧为何物

村里的老人日趋减少
许多传统便日渐式微
当村庄披上钢筋水泥
乡愁的记忆已被封住
这样的故乡不知是变老了
还是变年轻了

（九）

借宿故乡一夜
梦见乌鸦在村口
啄食被击碎的谚语
醒来时便想
要是村里的最后一个诵经人
还健在，一定请他算一卦

故乡是座山

我羡慕你辽阔的大草原
我羡慕你是大海的儿女
我羡慕你一马平川的田园
我羡慕你富丽繁华的都市
但我也不会嫌弃
那偏僻的高山和森林
因为那就是我的故乡
而故乡既成历史
便再也无法撼动

我的故乡
是绵延千里的大凉山
确切地说是大凉山深处
一座肌肉发达的高山
它和无数巍峨壮丽的青山
构造了火焰和谚语的不朽时空
让爱在其间孕育出不竭的山风

成为传承的纽带

聚众而居的人们

因此习惯摘取周遭飞翔的词汇

在火塘边细嚼慢咽

被我们吞入腹中的粮食

总有一半是熟透的语言

当我们在晨曦中依山而立

生命的根须早已深扎大地

或紧缚于岩石，成为树木

或嵌夹于兽蹄，成为种子

故乡的每一座山

都懂得如何在风雨中相携而立

如同山间的每一条河流

都明白远去的宿命而坦荡

其实，每一座屹立不倒的山

都可以唤作大凉山

不管它在何方，立于何处

都是矗立在你心间的那座山

在群山环绕的那个村庄

在那道彝语叫萨河拉达的山谷

祖辈们一代代在诵经声中生而为人
并给予我源自丛林根部的另一种血液
而山麓之上汉语叫披砂坝子的小城
舒展着我的梦想，并终将抵达辽阔

而我深知
即便是处处青绿的大凉山
也不是神圣的应许之地
我们跟随祖先的脚步来到此间
我们的后代也将紧随
时代的步伐，四处散开
故乡，只是历史线索上
一个又一个隽永的顿号
我只愿，那高山的通透
森林的气息和清脆的鸟鸣
成为族群永恒的母语

寨子里的最后一位赤足者

寨子里的最后一位赤足者
是一名沉默寡言的老妪
她曾在旧社会的风雨泥泞中赤足穿行
丈量山高水长
却不曾有过远嫁的哭诉

她背水从小路上走过时
没有发出一丝声音
她背柴从大路上经过时
也未曾发出一丝声响
她那宽大的赤足无论踩在何处
总是轻盈无声
恰似她的心思，深沉寂静

在她的有生之年
我只听见过一次她的脚步声
那是在她的儿子被人围攻时

通往她家的土路突然震动如雷
只见她一阵风似的飞奔而来
把围攻者吓得四处溃散
她一言不发地领着儿子回去
脚步不声不响

她是我的三奶奶
视我父亲如子的瘦弱的女人
她已经离开我们好多年了
寨子里再也没有赤脚走路的人
寨子里再也没有坚硬如铁的故事

歌　者

如果那片苍兀的群山
因磨砺过我的脚步
而注定我是讲故事的人
我也不会杜撰
没有泪水的村庄

假如那条翠净的溪流
因沐浴过我的双眼
而注定我是善感的歌者
我也不会颂扬
没有烟火的家园

不再叫响的声音

一生弹琴的老人停止了弹唱
开始在火塘边、屋檐下
坐卧成一副自然老去的样子

乐琴孤独地挂在土墙上蒙尘
那些曾被动人的旋律融化的骨头
已长成野草，成为声音的颜色

远方的人们精致地涌入繁华
灵魂的影子飘忽并逐渐模糊
近山之麓青色炊烟日渐稀薄

掠过屋顶的云雀留下一些密语
唤醒打盹的老人，他开始等待
一名抱琴而笑的少年前来牵手

当远山里再无琴声可寻
季风悄悄卷走智慧之言
沉默，是我们最后的坚守

山 民

每个清晨
他都要走向田间
他的双眼一旦离开庄稼
便变得空洞，那空洞深处
装着一个巨大的未知数
他总是捂着嘴巴
雪藏满腹忌言

黄昏时分，他纤瘦的身影
倚靠着远处朦胧的山脊线
活像一个丢失了偏旁的汉字

但到了清晨
他又会把自己修复完整

音　符

一个通透而静默的声音
千百年来一直潜伏在你的梦里
祭诵之外的祭诵
呢喃之外的呢喃
也许会在群山的呐喊殆尽的时刻
突然鸣响，也许永远不会
但它一直属于你
一个埋藏至深而永不苍老的声音

一个细微而隐秘的符号
千百年来一直与你如影随形
图腾之外的图腾
形象之外的形象
也许会在群山的语言穷尽的时刻
突然显现，也许永远不会
但它一直追随于你
一个置身风雨而永不生锈的符号

我　愿

年少时我爱朝着群山
大声呼喊
把梦想告诉每一片树叶
让狂风捎去远方

而今我只想躬身亲吻
脚下的大地
凝听冷暖不惊的沙石
在风中传递沙沙响的箴言

我愿那转瞬即逝的
黄金岁月
给你留下人生的辉煌

而你能否给我留下
一首不带沧桑的老歌

大凉山私语

母亲
如果有人仰望您
请您恭谦地低头或者沉默
您清澈如稚的眼眸
容纳最深的黑夜
您矫健的赤足
曾从三场红雪中走过
而我赞美您,是注定的

母亲
如果有人赞美您
请您以阳光和雨露回赠
您坚如磐石的胸膛
承载最厚重的历史
您的身上布满黑色刺青
祖先们的智慧在上面熠熠生辉
而我赞美您,是注定的

母亲

如果有人蔑视您

请您也宽宏地微笑或者沉默

您高昂的头颅

沐过清水也淋过浊液

您一样平和如高地的冷杉

您一样芳甜如低谷的玫瑰

而我赞美您，是注定的

母亲

如果有人诅咒您

请您照样以阳光和雨露回赠

山风会舔舐毒箭给予您的伤口

太阳会穿透烟瘴给予您的迷茫

您的天空依然彩云飘飘

您的大地依然流水潺潺

而我赞美您，是注定的

一切的一切，源于您

一切的一切，归于您

大凉山，请让我叫您一声母亲

我的身上注入您蓝色的血液

像冬天的河流一样无声地奔腾

我在寂夜深处紧贴您的心口

聆听遥远的星星和月亮的永恒私语

大凉山，请让我叫您一声母亲

您苍劲的名字包含我的一切

我们的梦纷纷扰扰

如果失落了

那不是您的错

而让您停止呼吸的

也许正是我们

您温暖的怀抱，您严寒的怀抱

孵育忠诚的勇士，也孵育贪婪的恶棍

您甘甜的乳汁，您苦涩的乳汁

养育聪慧的孩子，也养育愚蠢的逆徒

您坚强的手臂，您无情的手臂

托过无助的孩子，也牵过恶毒的魔爪

但我依然赞美您

身穿温暖的披毡，赞颂您

点燃古老的火把，赞颂您

手捧粗粝的粮食，赞颂您

张开原始的歌喉，赞颂您

用盐粒和糖果一样的语言，赞颂您

甚至用憎恨的言辞深情地倾诉

我就这样赞美您

用一个山民所拥有的全部

无限地赞美您拥有的全部

包括您的外在和内在

甚至从您身上刮过的寒风

母亲的近义词

一个人
一生会不断离开许多东西
而经常离开的也许是母亲
离开了母亲，也就离开了故乡
即使没有离开故乡
也离开了故乡这个词
因为，故乡是母亲的近义词

所以，我们怀念母亲的同时
也怀念故乡
而那些没有离开故乡的人
就站在故乡，怀念故乡
怀念母亲在屋前院后忙碌的
那个过去的故乡

而真正离开故乡的人
即便再也无法回到故乡

也从未失去故乡

因为，我们从未失去母亲

她在哪里，故乡就在哪里

丢失的孩子

我每天和你
同时迎接冉冉升起的太阳
一道走进渐渐暗淡的黄昏
我从来不曾离开你
但我已经丢失许久

我紧紧跟随于你
寸步不离
我能感觉得到你的呼吸
但我已经丢失
我的声息已离你渐远

我每天在自己的家里进进出出
但我其实已经丢了
祖先们的梦里再也没有我的影子
或者我已变成擦肩而过的路人
我能想象

当我端着盛满祭品的木盅

走向他们

他们定会错愕而散

丢失的孩子

从不丢失自己的记忆

寒风中颤抖的双脚

能嗅到回家的路

祖先的梦里

号声依稀

那是在召唤丢失的孩子

很冷的日子

岁末年初
是很冷的日子
很多小年轻
为了赶在即将到来的春节
办上婚礼
背上沉甸甸的人民币
去订婚

这样的场合定然要泼水
这水，当然没有泼向我
但泼向了日子的深处
让更多的人发冷

很冷的日子
一场场订婚仪式
在彝乡大地上热闹上演
一簸箕一簸箕的现金

被毫无遮掩地端来端去

很冷的日子
很多消息令人沮丧
比如，我那个因为贫穷
一直娶不上媳妇儿的堂兄
再次被高额彩礼挫败

人生啊，难免会遭遇失败
但万不该败在娶妻生子这事上
可这样的事偏偏就发生在
这片美丽的山水间
你说，冷还是不冷

车过五道箐

一道箐，两道箐，三道箐……
一个新娘，两个新娘，三个新娘……
公路两边，远远近近
人头攒动，全是喜事

搜看黄历
上面写道：狗年，腊月，初二
忌开光、嫁娶，诸事不宜
感觉不对，再搜彝历
上面写道：猪年，蛇月，龙日
宜嫁娶、祭祀，红白皆宜
果然是彝历吉日

五道箐的天空
蓝得耀眼，找不到一丝浮云
像揭去了喜帕的新娘
粉白的脸上找不到一丝出嫁的哀愁

阳光就不说了

都泻在人们的身上

泛着五颜六色的光泽

好日子就该这样暖如春天

要是车上的人没有议论

那高涨不下的彩礼

如同赴宴的人们

只谈金玉良缘

不谈人类的繁殖与生理属性

我就会告诉他们

这片黑土地最美好的时代

正在来临

车很快就过去了

被五道箐的阳光打湿的脸

正在风干

迁徙的湖

那条名叫木图日达的山间溪谷

伴着我年少的记忆

泥沙俱下

只有我出生于斯的溪边彝寨

依然鸡犬相闻

溪谷一侧名叫洛哈的山洼

也曾是我的故乡

那里曾经有个湖泊

后来干涸不见了

露出的沙地被老乡们耕种多少年

听老人们说过

每一个湖都有龙潜藏其间

因此不会干涸

如果湖干涸了

那不过是迁徙到了其他地方

传说，故乡的湖
迁徙去了金沙江对岸的云南大寨
没有一丝留恋

湖，已背井离乡多年
昔日留下的宅基地上
诞生了一座饮用水库
源自高地的泉水被引进到这里

嗯，什么地方的湖
又迁徙到了这里
让故乡有了新的传说

救兵粮

这是生长于高山的极其普通的树
只有如其普通的生长于高山的我们
才知道它的普通，比如随处可见
比如树形低矮，比如浑身有刺

它结出的微甜的红色果粒
普通得什么鸟儿都爱吃
普通得常常被穷苦的人家当作干粮
还有那些早出的牧童
也经常将其当作午饭

这样普通的树
却有个不普通的名字：救兵粮
顾名思义，这微甜的红色果粒
曾经救过穷途末路饥寒交迫的兵卒

每次见到家乡随处可见的救兵粮

这容易勾起我童年回忆的树

我都会想象一场久远的战争

羊奶果

羊奶果熟了
火把节就到了
赶火把节的人
也赶羊奶果

羊奶果
长在朴素的羊奶果树上
羊奶果树
长在温凉的高二半山上
高二半山上
生长着靠山吃山的族群

旧时代，羊奶果不是羊奶果
是粮食，扑向它们的是饥饿的山民
小时候，羊奶果不是羊奶果
是点心，扑向它们的是馋嘴的牧童
而现在，羊奶果是羊奶果自己

扑向它们的是久别自然的人们

采摘羊奶果的族群
以及羊奶果树上的鸟儿和松鼠
都是羊奶果树可爱的孩子
他们以真诚
换取酸甜酸甜的日子

羊奶果树
和羊奶果树的孩子们
又都是高二半山成林成片的子民
他们的根，彼此交织牵连
流着共同的血液
有时深埋地下，相互较劲
有时裸露在外，荣辱与共

超越季节而立

那年立春之际

我身上该立的地方

在万物复苏中

悉数而立

尽管长短粗细不一

但都争相为我代言

又到一年立秋时节

我身上该成熟而低垂下来的地方

在一阵细雨中

藏起了功名

只有无关成熟的部分

不惧霜寒

依然保持着纯正的春色

它将超越季节而立

直到与骨头一起

被时光尽头的野火烧尽

露出成熟的灰白

车　祸

一个人在公路上
突然倒下，又突然站起来
拍拍身上的灰尘
泪眼婆娑地环顾一下四周

他回到家时，满屋的人
没有一个回应他惊魂未定的招呼
他又伸手逐个碰触他们眼角的泪滴
他的指尖感到电击一般的刺痛

他只好回到
先前倒下的那个地方
平直地躺下
尔后，果断地闭上眼睛

他期待
在一阵特别的刹车声中
猛然醒来

咳嗽的老人

旧时当过牛马的老人
习惯在黄昏独坐于门口
遥望远山之巅终年不化的雪
一边聚精会神地抽烟斗
一边慢条斯理地咳嗽

这样咳了很多年后
终于咳出
那把卡在喉咙里的
锈迹斑斑的刀子

然后，从容地把自己抚平
再卷起来
让生命重新燃烧一次
在浅浅的烟斗里
留下纯粹的灰烬

城市里的晃影

一些粗大的树
从乡下被连根拔起
挂着吊瓶出现在城市的马路边上
我羡慕这些幸运的树
它们离开了家乡
却能带着自己的根
我相信它们会活下来
成为城市的新风景

我也相信
和我一样迁居城市的土著
不用挂着吊瓶
也能在市井里活得好好的

只是啊
我们都没有随身携带着根
那拖在地上的寂寥瘦影
总是那么摇摇晃晃

牦牛之眼

高原之上一道一道
被寒风梳理得精光的山梁
是它们没有界桩的领地

适者生存的游戏
自史前铺满大地
它们一直站在高冷的顶端

不吃草的时候
它们总爱站在刀刃一样的山脊上
一动不动地眯眼藐视世界
扮演轩昂自若的天外来客

当附近有直立行走的生灵闪现
牦牛倾泻而下，这时
远方的河流不禁微微颤抖
这是另一种游戏

牦牛群居的山梁上
深深地镶嵌着一块块
与风较劲了亿万年的石头
它们见证了
被大风拔根而起的人类

后来，人类成为
牦牛和石头的主人
这大自然的游戏从来没有结局

凭空消失

人人都可凭空消失
像魔术一样
但又不是魔术

只要坚持一根筋
就有可能凭空消失

只要坚持忽略自己的分量
就有可能凭空消失

只要把自己的身段放得够低
就有可能凭空消失

只要把自己的头颅埋得够深
就有可能凭空消失

这样的凭空消失

可能是一种境界
也可能是一种悲哀
抑或是一种意外

人人都可凭空消失
虽然没有科学原理
却有长篇累牍的历史凭据

痛，是一件实物

痛，是一件实物
出自裙摆覆地的母亲之口
在远山间，在森林里
在我的整个童年不断滚落

痛，是一件实物
样子一般像桃仁
或有生命，有的会长大
可以从身体里面拽出来
这样的说法让人不可辩驳

用木炭从痛处画一条长长的线
直达脚底，然后念念有词
痛，就会沿线脱离身体
我每次身有疼痛时
母亲就这样在我身上画线
对某些特殊的疼痛

则用一把冰冷的菜刀

假装在痛处轻轻砍上几刀

然后，先入为主地说

这下不痛了吧

是不是真的不痛了

我已经记不清

反正无数的痛

最终都随童年消失了

长大后，有些痛吃药就好了

有些痛，听毕摩诵经就好了

有些痛，丢给时间就好了

但有一些痛，母亲也没有办法

因为那些痛，长在风中

当我鬓角泛白

母亲已到浑身是痛的年纪

此时，我又想起

如果痛真的是一件实物

那该多好

如此，我就可以把她身上的痛

一件件地拽出来，砸得粉碎

隐形物

当山鹰降尊飞临村庄盗饮井水

当大鹏困于草丛无法脱身

当一个人被旋风裹住

当荒野有声音在轻唤你的名字

当乌鸦落在屋顶啼叫

当猎狗在丛林里迷失方向

当雌鸡突然像雄鸡一样打鸣

当牛尾缠上树干无法松开

……

当一切不寻常的事情发生

母亲们便忐忑不安地问计于毕摩

找寻飘散在风中的答案

这个时候，我们能做的只是

做一个口风很紧的人，并帮助

母亲抓住她想要抓住的隐形物

梦　记

一条粗大的黑蛇

被人挥杆围堵

无情地抽打

蛇挣扎着，蜷缩着

无处可逃

围攻越来越猛烈

蛇身越来越小

越来越小

最后缩成一只小昆虫

撕裂的背部突然长出

一对金色的翅膀

在棍棒之间轻快地飞走了

这是一个睡梦

做在寒夜的拂晓

我想起母亲言过

凌晨做梦无关痛疾

这是民间的说法

而我总是相信民间

异己者

除了他

所有人都托着下巴努力

撑住破旧的睡眠

以免鼾声落地暴露了秘密

除了他

所有人都规矩地偏着头

做出陶醉般的聆听状

以此掩盖憎怒的神态

只有他

埋头潦草地速记

演讲者口中飞出的每一根刺

之后，他会照旧把这些极寒的陈词

打包寄给他

并继续追随他

夜归人

台上带着炎症的演讲
和外面的世界一样
紧紧牵涉我的衣食住行
却不顾我疲惫的脚步
在生活的浮面任意晃荡

即使在钢筋水泥的丛林里
我也该用干净自然的声音
回应作为动植物的自由
但我早已习惯沉默
我只好拿起笔
可是，这笔也恶毒
只要我一捏紧
笔尖就嘶哑地喊痛

唉！夜深了
只有门口轻咳一声就亮的路灯
最懂我

角 马

马赛马拉大草原上
枯水季节一头饥饿的角马
混于一片黑色的迁徙洪流
九死一生，逃过鳄鱼的血盆大嘴
游过暗藏无数凶险的马拉河
成功赶上对岸的春天

我没有去过遥远的非洲
也不曾涉足百兽的疆场
但如果我是一头四足动物
我就做一头在生死之间穿梭的生灵
比如，在危机四伏中逐草而居的角马
而不是成为一头小心潜伏的雄狮
周遭一片恐慌

玛尼石

它是一块石头
我曾亲眼见过
也曾在书里和电影里
见识过它

我想起遥远的玛尼石
是因为我预感
我可能有一次直线的冲动
我想提前面对一块冰冷的石头
控制自己
同时忏悔一些事情

它是一块石头
雕刻着神圣的图纹
和六字真言
尽管我不是信徒
但我不止一次注视过它

我想起遥远的玛尼石

是因为我刚刚忍住了

一次沸血的冲动

我想用一块淡然的石头

一劳永逸地压住

心底那层薄薄的纸

像故乡瓦板屋上面的石头

稳健地压住呼啸的暴风

通往家园的路

通往山村的路

就这么一两条

通往家园的路

却不止一两条

那些可以随身携带的家园

比如，母语和乡愁

比如，诗歌和音乐

比如，亲情和爱情

看清脸庞的角度

就那么一两个

看清面目的角度

却不止一两个

那些可以变来变去的面目

比如，灵魂和思想

比如，话语和表情

比如，眼神和步伐

短诗十二首

风　筝

如果我是一只鹰
我从高空掉落时
云朵会接住我
因为我比一朵云还轻

蠢　蛋

面朝车水马龙
我感到很头痛
我拍拍前额
又拍拍后脑勺
想把脑髓里面的那颗蠢蛋
拍出来扔掉

梦　境

一个人
诱惑了我一下
然后消失了
接着是一场绝境中的追逐
里面的主角，似我非我
梦醒时分，伸手不见五指

救　赎

据说，救赎
需要向上帝倾诉
但上帝在哪儿呢
有人说，上帝在黑暗的最深处
但我看不见他
难道我面前的黑
还不够深吗

共享单车

一辆共享单车

倒在小区门口
像病倒在街头的流浪汉
我于心不忍
把它扶了起来
我想，这是大家都有尊严地
被骑在身下的时代

井底之蛙

往井里灌水
让它浮上来
切忌灌酒

隐　忍

有些事一忍再忍
最后还得继续忍下去
就像一个无法治愈的伤口
或像一个无法习惯的姿势
无奈，只能把自己当作忍者
很正式地翻一个筋斗
然后，假装乘一团云雾

隐身而去

奈何桥

你过桥去对岸
再回头
桥已经不在
只有河依旧汹涌
我们从此阴阳两隔
你那里
不一定是阴间
我这边
不一定是人世

假　象

如果我的嘴里吐出
洁白无瑕的语言
有可能
我的心已在私下里
腐烂

劫　时

如果不能给奔跑的时光
让路，那就一把抓住时间
塞进口袋，拴紧了
丢得远远的

雪国列车

一列火车
从山谷间呼啸而过
一节节车厢里
死死关着长短不一的
尖叫声
前面是雪的世界
造物主把眼睛收回来
对列车的密封性表示满意

月亮应无恙

我告诉老母亲
人类发射机器
到月亮上面采土去了
她问采土干什么
我说采回来研究
她紧张了一下
问我月亮是不是出问题了
我竟无言以答

回答泰戈尔

泰戈尔

　　您好

百年之后我读着您的诗

在多山多水的中国西南

遍地鸟语花香的季节刚刚过去

我手捧一枚秋天的果实

以祭祀者的心灵朗诵您的诗歌

以表达我对大自然的感激

愿秋天的落叶带着甘心的微笑

飘进我春深似海的梦里

但不要惊扰我的沉睡

四季的轮回更不要碾碎我恋爱中的骨头

除此之外，即使春天如生命的芳华不再来

我也不会悲伤

因为您的字里行间留着花朵的余香

纵然季节的脚步从此迷失

人间之爱也能播撒春天的种子

爱情在春日的乳峰上怒放

在盛夏的腹部孕育

秋天的收获啊，让人陶醉

星空斑斓的夜里，我躺在缤纷的花园中

萤火虫在我的周围流浪

爱人的花容已逝

她温暖的臂弯却青春永驻

芳香四溢

我每每陷入其中，似婴儿般甜蜜入睡

然后在梦中和狂蟒搏斗

醒来后依然是生活忠诚的园丁

假如天堂和凡间有邮差往来

我定要给您寄去一片金色的秋叶

那透明般的叶面

写着您不认识的彝文

　　——我的名字

此刻，我用秋之贵妇的素手

翻开您的一页诗笺

我那属于丛林的脚步

沿着您的诗行穿越时光

探寻您沙漠般的眼神

我渴望四目相撞

吸取不逝的花香

假使有一天我在夕阳下离开

愿我的唇间含有您诗歌里的芬芳

愿我离去的背影在落英缤纷中消失

泰戈尔

　　您好

我是俄狄小丰

百年之后读着您的诗

过年好

再过几天就过彝历年了
乡下的老表打来电话
问我在干什么
我说正在编竹席
老表哈哈大笑
我说，真的
明天还要磨豆腐、煮魔芋呢
老表更加乐了，说
看来你家已经准备好一头大肥猪了
我说是的
但还不晓得在哪家的猪圈里
老表笑得说不出话来
我自己也乐

其实，此时
我正坐在十几层高的公寓里
端着一杯茶无所事事

但过去在山里

过年之前几天确实很忙

离开故乡后

每每过年之际

总有山里的亲戚打来电话

问这问那

他们啊，牵挂我们这些城里的彝人

小裤脚

给一条宽腰肥裆束脚的男裤
取名小裤脚
不免有避重就轻之嫌
明明肥赘的裤裆
才是其无法掩饰的特点

这裤裆
不仅能藏匿形形色色的把柄
还能装得下整个世界
并能轻松跨上马背绝尘而去
纵跃深沟高壁更不在话下
且不泄漏一点风声
稳妥地守住一切
这是一条小裤脚的优良性能

据说，在古代
小裤脚是武士的着装

照此逻辑，我是武士的后裔

与生俱来的气质

也就有迹可循了

所以，我很想穿上

一条质地精良的小裤脚

去会会操另一方言的依乌

那个混迹都市

却无柄可抓的诗人

和他摆摆严肃一点的龙门阵

顺便用意念展开一场刀剑比试

他最好穿上一条豪迈的大裤脚

牵

不是风筝被你牵着
虽然无所谓相距有多远

不是猎犬被你牵着
虽然无所谓任你使唤

不是犁牛被你牵着
虽然无所谓替你劳累

不是骏马被你牵着
虽然无所谓驮你奔波

我时时刻刻都被你牵着
但不是你的手牵着我的手
而是你的身影牵着我的眼睛
你的笑靥牵着我的梦

（写于2002年读大学时）

思　念

如何让你想起我
在我想你的时刻
为这
我问过星星
也问过月亮

哦
谁知道，谁知道
星星摇头，月亮沉默

如何让你遇见我
在我漂泊的日子
为这
我问过风
也问过云

哦

谁知道，谁知道

风自吹，云自飘

朋友啊

我走过雨季

走过孤独

但走不出对你的思念

（写于1998年4月读高中时）

漫游人生

漫游人生

我流浪于大漠

不必畏缩

我只需一壶自己酿造的酒

不必太浓

人生漫游

我漂泊于大海

不必胆寒

我只需一张自己缝制的帆

不必太大

（写于1996年读高中时，为作者生平写的第一首小诗）

离　歌

如果要分别

我不想留下只言片语

如同我的出现，没有任何预兆

我愿我的身影

如一阵初夏的和风

缓缓吹向林间

安静而透明

如果有泪珠意外打湿胸脯

我愿它是带着温度的雨露

无声地伴我而行

脚步如此轻盈

阳光如此明媚

我们的世界清风雅静

即便微微道声再见

也如此深沉而动人

又那么从容而入神

如同我们赤身照镜时
发现了光阴隐形的利爪
并坦然接受它的蹂躏
而那份成熟的孤独
如一首老歌伴我们回忆青春
我愿旧时斑斓的色彩包含着你

临别时含泪的情节
总是在所难免
而我已经想象了很多次
但那不是一种等待
而是为了相聚的谢幕

如果要分别
我愿自己毫无叮嘱可留
你也没有什么感怀可念

龙生与明香

我从未见过龙生
也未见过明香
只见过掩映在桑林中的明香阁
以及一块刻有铭文的石碑
在一个名叫马桑坪的小山村
这还是多年前
那时明香阁还未竣工
但楼前已放有待立的石碑

碑文如下:

明香阁,建于二〇一六年十月,因佳人明香而得名。此阁楼属于别墅型建筑,设计简明,造型美观,非常适宜佳人居住。当初,龙生与明香有相遇之缘,那时的他们,一个性情豪迈,一个貌美如花。俩人在相处的日子里,相互尊重,相互欣赏……后来,龙生出于对明香的依恋,修建了阁楼并起名"明香阁"。该楼虽没有别墅的奢华，豪宅的壮观，但筑造了真心、真爱。往后这段情无论何去何从，一切随遇、随缘……

　　　　　　　　　　二〇一九年元月　龙生建立

　　　此去经年，再未见过明香阁
　　　我不知道，也不想打听
　　　龙生与明香是否修成正果
　　　毕竟人生有着许多的变数
　　　如果女主人还是明香
　　　她应该是一名爱采桑的女子
　　　他们的爱情必定像蚕丝一样顺滑
　　　能穿过生活变化无穷的针眼
　　　而如果明香阁里已无明香
　　　那么，他们定然也懂得
　　　值得铭刻的不只是相爱
　　　缘尽而散也是

　　　是的，我见证过
　　　劳动人民的爱情如此浪漫
　　　在那个名叫马桑坪的小山村

冬·犁

冬天还未离去，父亲又扬起鞭子在土地上翻寻去年的记忆。

前进的铧口永远雪亮。墙角里还有冰冷的遗梦吗？

老牛的眼里没有冬天，父亲的吆喝冗长而深沉。

耕耘的日子是一只竖起的耳朵，远处的风声带不走埋怨，冰封的小河在青草梦里静静地流向域外的冬。

越过雪野，父亲的鞭子脆响。

大地正在深沉的足下酝酿下一个春天的名言。

雪又下了一茬。

山岗上，一道闪电般的鞭影从我的怀念里掠过。

咔——嚓——

驯服的老牛踩断了一些事物的脊梁。

缺口的铧，黏着一身的凌辱，一头扎进冬的喉咙。

父亲光脚刨翻犁沟，寻找那脆弱的铧口。春天在父亲的足音中逼近。

未翻的土地高高隆起我的乡愁。谁的脚步在田埂上匆匆徘徊，拉长我梦醒后的忧伤？

母亲哦，你梦见我了吗？

丧气的老牛一夜未眠，冰冷的枷担在屋外格格作响。

父亲却鼾声如雷，老白干的醇香四处发散。

父亲哦，再大的酒杯也斟不完土地上的心事。层层土地将你包围，生命的辙迹离不开茫茫家园。

俯仰之间，你的额头爬满了藓苔。积雪后的庄稼在我诗歌的大地上翻涌波浪。你的笑容流过洁白的冬天，流过母亲雪白的额头。

梦见饥荒的人们一跃而起，雪地上的脚印伸入播种的季节。

一具具古代的陶俑在遥远的山岗上列队行进，那是我们永不褪色的风景。

某个夜里，埋在泥土里的废铁狠狠地砸向我的梦里，夺破了我一个季节的青春。

从此，那锈迹斑斑的铧口沉在我的心底，时常呻吟。

秋天里

布谷声响了
就去地里，或其他地方
耕耘播种
做春天里的人
别睡着，老人们总爱说

风转凉了
就去地里，或其他地方
收谷割麦
做秋天里的人
别睡过头了，老人们不忘提醒

那些经受秋霜浸染
变红变黄的树叶
是一个季节成熟的标志
可是呀，那些降落在鬓边的霜
却再也不会化掉

这样的季节

请向那些收获一脸忧愁的人们

敬一杯吧

用你勤劳的双手

不止春蚕到死丝方尽

秋收，无须隆重的典礼
饱满的黄色后常常遗落有贫穷
仿佛，这里的春天
不在冬天的后面

过往，已无须多言
但还有人一再触碰伤口
仿佛，这里的江河
没有流进远方的海洋

秋风，该吹还是吹
但在蚕桑之乡
它没有什么可吹的
那漫山遍野的桑树
已没有叶子供它扫荡
这些可爱的桑树
一年供养五季蚕儿

147

此时，光秃秃的枝条

在阳光下书写着

农民们笔直的日子

对不起呀，秋风兄弟

你能否吹回大唐

拜访李商隐先生

告诉他，如今除了春蚕

还有更好的夏蚕、秋蚕……

此刻，我正在埋头撰写报告

为今年的收成盖棺论定

可是，我竟三心二意地写起诗来

是哪个词轻轻敲击了我一下呢

这无限的生活之词

秋晨即景

经过一片正在采收的玉米地
一只云雀轻灵地跃过公路
叫了一声欢迎
然后一只蜻蜓前来翩翩起舞

路尽头的村庄
被晨光描绘成一幅水彩
蓝天占据了三分之二有余
只留下半朵白云悬于山顶
作为一个季节的留白

一位老人坐在家门口的太师椅上
悠闲地吸着水烟
咕噜咕噜的声音是自己的过往
其余，都是静物
包括从他面前跑过的那群孩童
他们的脸上都贴着金

回来的路上

不断遇见农夫们满载而归

我也载着一车的阳光

以及一筐植物的味道

在春天浅饮一声鸟鸣

我在初春的正午

路过山村的小溪边

一声啁啾的鸟鸣

历经寒季的孵化后

瓜熟蒂落，突然掉进

我双手捧起的泉水中

似一滴含香写意的墨汁

叮咚一声

滴进盛满清水的瓷碗里

顷刻显出山风的骨头

我紧捧泉水一饮而尽

一幅关于远山的中国画

顿时俘获了我

画中有我轻盈雀跃的身影

或者说，山林间的一声鸟鸣

不经意间，在我干湿适中的身上
播下了一粒青木的种子
总有一天，我的骨头会化为青木
以燃烧的形式
宣告自己属于草木的本质

您好，春天
我们又迎来了彼此

表　演

自以为密不透风
其实，大家都在视而不见地
看他们的表演

当他们在辉煌的舞台上
深沉地表演时
悬在他们头顶的幕布
正紧紧地攥在别人的手上

而攥住幕布的人
从来都是
那些被呼来唤去的人
所以，他们最好演得逼真一点

当然，最好的演员
在那些跑龙套的人眼里
总是漏洞百出

我们拥有的只有我们自身

我的孩子
在未成人形之前
是我的
而他离开我的身体以后
他是他自己的
即使亲爹亲娘
也只是别人

这个世界上
没有什么是可以称之为
你的，或是我的
因为连你生出来的孩子
也不是你的所属

如此，我们拥有的只有我们自身
此外，唯有你头顶的天空
是你可以随意触摸的

因为谁也无法把它摘去

占为己有

或者前来阻止

睡火车

今天的火车

早已抛弃了火

变得愈加快速和干净舒适

却少了属于西部的一种个性

比如，经过乌斯河的诗意

又如穿过沙马拉达隧道的无情

以及碾过普雄的彪悍

唯有窗外一路的秀色

依旧可餐

就像今天的男人

变得更加急切和圆滑

却少了被刀斧辟削过的质感

和女人们渴望的那股后劲

今天的火车已不是火车

如同，我说睡火车

我睡的，其实只是
横陈在窄窄的卧铺之上的
一堆意念

很假的火车
经过一座桥的时候
我的耳机正巧吹出
《荒野大镖客》的口哨

列车上的奏鸣曲

高铁很安静

催眠效果极佳

我随意地睡着了

然后像打雷一样打呼噜

和平时躺在自家的床上一样

前面也有一位彪形大汉

打更大的呼噜

我们的呼噜此起彼伏

但很快被旁边的陌生人拍醒

一次

两次

事不过三

我不敢再合眼了

但前面的大汉继续酣睡

继续打着巨大的呼噜

周边的旅客也知道事不过三的道理

158

于是，有人叫来警察再次拍醒他
警察说这是公共场所，不能影响别人休息
大汉便生气了，说，我买票坐车
难道没有睡觉的自由吗
警察耸耸肩
丢下一句"大家相互理解"就走开了

大汉又睡着了
打出更加响亮而富有节奏的呼噜
十分自由，犹如一首和谐的奏鸣曲
一直奏到终点
真是一条好汉，如雷

爆米花

爆米花是一条像爆米花一样
雪白蓬松的狗，中等身材
宠它的是一个长得还可以的女人
我们住在同一栋楼里
多年前在底楼的过道上
爆米花无缘无故咬了我一口
我去找她说明情况时
她说爆米花从来没有咬过人
问我是不是对它做了什么
我说你要问就问爆米花
问它到底背着你做了些什么

今天中午下班回来
我遇见爆米花独自在电梯口徘徊
时过境迁，爆米花有些老了
毛色开始泛黄，我也有些老了
头发开始泛白

我带它上电梯并帮它按了楼层号

我问它是否还记得我

它无精打采地摇了摇头

爆米花呀爆米花

如果它一生只咬过一个人

那么它那长得还算可以的家长

应该记住这个人，并相信他

真的没有对爆米花做过什么

如同我一直相信

爆米花咬我是一次意外

并无其他意味深长的原因

而意外，总是很有纪念意义

照镜子

小时候
早上一起床就照镜子
瞧瞧那张娃娃脸
有没有多了什么或少了什么
总担心还是昨天的模样
母亲说人是在夜里长大的
看镜里人，越看越像自己

如今白发已上头
却还是离不开镜子
瞧瞧那张老脸
有没有少了什么或多了什么
总担心变得不像昨天的模样
母亲说人是在白天变老的
看镜里人，越看越不像自己

人，总是

越了解自己，自己就越平凡

越在乎自己，自己就越陌生

建昌古井

梅花井
曾经是古代官家的饮用水源
它有着与梅花有关的美好传说
仿佛饮用它的人不食人间烟火

而萧家井
是萧家挖的井
寻常百姓院里的井
但不局限于萧家自用
还惠及街坊四邻

自从有了自来水
梅花井和萧家井就寂寞了
所幸被视为文物挂牌保护
中秋时节井壁上青苔茵茵
而井中依然有水鲜活
亮汪汪的，蓄满了历史

就那么敞于街边
且无人惊动

旁边红红绿绿的行人
终将被时光捕摄
在井水的涟漪中定格
然后，渐渐泛白
而古老的井
即使变得空洞无物
也有回音从不枯竭

青龙寺

听着青龙寺的梵音
从邛海边拾级而上

我不烧香拜佛
佛，自在心中

也不探寻青龙
龙，大概在邛海深处

去朴素的青龙寺看看
只是去拾捡一种心境

青龙寺，是个好名字
好就好在
它表明邛海并非等闲之辈

西昌，今夜请敬我一杯月光

当螺髻山的索玛花

在阳光下尽情绽放

我站在泸山之巅，眺望

那洁白的云朵飘荡着空灵的诱惑

还记得彝寨的星火之夜

当一轮新月在故乡的梢头悄然升起

在邛海的倒影中

谁的身姿触动了你的心弦

西昌，今夜我走进你

脚下的这片土地如此多情

安宁河的静谧，安抚风的沧桑

千年不灭的火把，照耀座座诗性的山脉

一壶邛池春水，荡漾着我们共同的温柔

此刻，远方的思念倾泻成一片月白

啊，朋友

当我禁不住在你面前弹唱爱的故事
请给我倒一杯浓烈的荞麦酒
啊，朋友
当我又娓娓诉说古老民族绵长的史诗
请给我清唱一曲热烈的祝酒歌

而当故事讲完，美酒饮尽
朋友，请再敬我一杯月光吧
让我们在故乡的味道中慢慢沉醉
然后化身嫦娥
无妨做一场飞天揽月的痴梦

西昌，今夜我走进你
如果你一无所有
就请你不吝敬我一杯月光
然后，我们一起歌唱那些无与伦比的音乐
然后，我们一起穿上那些绚丽多彩的服饰
然后，我们一起咏诵那些灵魂飞扬的诗歌
现在，请你优雅地，再优雅地
同我喝下杯中酒
然后，我们一同诗意地栖居在
这片多情的土地上

在阿觉诗，乡愁无处生长

在荞花盛开的季节
选择一个云淡风轻的日子
轻车简从，这很容易
但选择去哪里却不容易
这事关一个人的成长背景
和当下的心情
以及家事、国事、天下事

我的故乡萨河拉达
深山老林，远离城市
只适合懒得看城市的人
携带几许人间烟火隐居
而阿觉诗是最好的别处
既有山林和草坪可享宁静
又有土屋和火塘可忆往昔
既能屏蔽喧嚣，聆听虫鸣
又能远观一座城市

没羞没臊的璀璨灯火
仿佛张开双臂就能连接
城市与乡村，让乡愁无处生长

站在阿觉诗
眺望和俯瞰是语言的一部分
或者说，站在阿觉诗
只需眺望和俯瞰，而不用开口
如同，母亲们习惯站在家门口
从容地朝村头的大路张望
是的，城市算什么
它就在我们的眼皮底下

站在阿觉诗
不能做的只有指点江山
因为这会惹恼村中的狗
继而吓跑周遭的百鸟
让荞花和荞花一样的人们
感到扫兴
所以，爱指手画脚的人
最好选择去别处
比如，去我的故乡萨河拉达

那里有高耸入云的大山
山下有全中国最长的江

离开阿觉诗
下山，感觉有点不容易
不容易，是因为我们不得不
把生命常需的自然
包括景色和安宁，留下
而站在山下回望阿觉诗
荞花与山林相伴的人间
似乎已隐于云端

这个时候
我们重又低头走进城市
走进城市，就是汇入了海洋
汇入海洋，我们只能是一滴水
而海一直在，蒸发的是我们

城市啊，请拜山村为大哥吧

同一条哈达

在葱绿的时光中
走进同样葱绿的列瓦
带着一份肃穆的向往
走进洼下热情的藏家
迎接我们的一条条哈达
将我们带进吉祥的异域时空
这是一座山与另一座山相会的时刻
这是一条河与另一条河相聚的时刻
这是我作为远方的客人
第一次被远方的朋友敬献哈达

当崭新的长穗哈达在胸前微微飘动
我感觉自己突然被一种柔光加持
此时，我不禁想起
同样的哈达，献给慈悲的菩萨
同样的哈达，献给伟大的领袖
同样的哈达，献给大地和森林

同样的哈达，献给草原和湖泊

同样的哈达，献给天空和云朵

同样的哈达，献给神明和生灵

同样的哈达，献给亲情和爱情

……

想起洁白的哈达价值一匹骏马

如此珍贵与神圣

总是献给那些纯粹的人和事物

我的脖子和肩膀便突然沉重了许多

我明白，所有被素净的双手

诚挚捧出的哈达，都是同一条哈达

我明白，所有系在灵魂身上

迎风招展的哈达，都是同一条哈达

包括我在列瓦得到的那条哈达

它传递着人与人之间的友谊

它维系着人与自然之间的和谐

戴上它，我感受到了一种古朴的豁达

但也怀疑自己是否能够领受

一条纯洁的哈达

我不知道

翻越一座又一座山

到达列瓦接受一条哈达

算不算是一种虔诚

如果不算，请允许我在心里

默念一万次：列瓦吉祥！

同一幅画

在列瓦的木里河岸边
立着一幅巨大的毛泽东画像
同样的画像，挂在很多大城市里
同样的画像，挂在很多展览馆里
同样的画像，挂在很多百姓家里
同样的画像，挂在历史的天空中
同样的画像，还挂在很多人心里

在偏僻的列瓦小镇
见到伟人的巨幅画像
让我十分震撼
但想来也不奇怪
这里的人民，曾经是农奴
这里的百姓，曾经是蝼蚁
是伟人伟大的思想
照亮人民前进的道路
如今人们安居于美丽山水间

不曾忘记伟人不朽的恩与情

更不曾忘记历史蚀骨的冷与暖

是啊，现实总是酣睡

历史却一直醒着

醒着，就不会成为历史

而历史一再证明

那些没有睡眠的思想

总是风雨无阻地守护着我们的夜晚

而我相信，列瓦人民尊崇这样的思想

在遥远的木里河岸边

伟人的巨幅画像

在阳光下如此安宁与吉祥

如同虔诚的信徒

在阳光下晾晒巨大的佛像

武汉留影

（一）

黄鹤楼在我身后耸立

崔颢站在楼上凭栏远望

一阵江风徐徐吹来

让游子旷古的思绪摇晃不定

哦，莫让乡愁和美景违和

还是换上李白吧

趁孤帆远影还挂在天际

让他拨开云层投进些许穿越之光

但快门一闪，昔人即辞

只见无数游人登高览晴川

（二）

岳飞在我身后横刀立马

边疆的烽火狼烟正在召唤他

还我河山的悲壮凝成磐石

被古城的风雨沐浴千年

马蹄声碎，将军自去

历史已经沧桑

长剑和目光的锋芒隐于时光

传说只需铆劲大吼一声

沉埋的骨气便会破土而出

来，我一开口你就按快门

（三）

养由基在一旁摆着很酷的造型

似乎并不满意神定乾坤的那一箭

百步穿杨的盖世武功就让别人去说吧

他只求老当益壮战死沙场

真的猛士还得有一颗怜悯之心

东湖清水见证了他的忠勇与善良

霸主之争已过千年

七雄的基业至今岿然如山

而战神倒在了万箭之下

但并不妨碍人们将他塑身复活

让他再次拉弓不懈，只等有朝一日

看来，此处取景必须站远一点

（四）

辛亥之年的血性早已彪炳正史
广场上的中山先生仍然一脸凝重
长河浪涛承载跌宕起伏的梦境
波光粼粼的人海浮面
革命的枪声没有打水漂
壮士的呐喊已翻开古卷新页
天下为公的胸怀
盛得下东方的所有词汇
他的塑像就该如此立于高台之上
高过民国历史的厚度
来，这里最适合拍合照

（五）

是的，我曾去过武汉
并拍了些到此一游的照片
留待往后慢慢追忆回味
但我不忆楚天极目的辽阔

不说三镇如织的水系

也不说江城文脉的源远流长

更不说三月烂漫满城的樱花

我只说，当我踏上荆楚大地

某种一脉相承的基因

便在我留影的每一个地方显现

在日都迪萨①采撷麦浪的语言

一、日都迪萨

世间有无数清澈如许的甘泉

其中有一条源自日都迪萨

世间有无数洁白无瑕的云彩

其中有一片飘自日都迪萨

世间有无数柔和馨香的清风

其中有一阵吹自日都迪萨

世间有无数感人肺腑的故事

其中有一则传自日都迪萨

世间有无数优美动听的歌谣

其中有一首唱自日都迪萨

世间有无数永不熄灭的圣火

其中有一把取自日都迪萨

---

① 地名，意为水草丰茂的平坝。是位于凉山州布拖县、普格县、宁南县三县交界处的一片高山草场，是彝族火把节的发祥地，被誉为彝族传统文化圣地。

世间有无数倾国倾城的美人

其中有一个来自日都迪萨

……

是的，假如你是寻山问水的诗人

在那高高的日都迪萨

你就能找到心目中最美好的一切

但就是找不到能够形容它们的词语

二、听牧人讲故事

在日都迪萨

如果能讲几句诺苏①的母语

更容易抵达牧人的心灵深处

听他们娓娓道来

但他们不说牛羊的肥壮

也不说家乡如画的美景

他们只讲关于火的传说

关于山神的传说

关于英雄的传说

以及俊男美女的传说

---

① 彝族的自称。

对于当下，他们只字不提

你感觉他们身处异域时空

感觉他们来自一部翻开的史诗

在一个寒风萧瑟的傍晚

人人举着火把

三、牧场诗会

在日都迪萨

一片片牧人种植的燕麦

深深地吸引了一群诗人

他们像饥荒的鸟雀

叽叽喳喳地飞来飞去

采撷麦浪的语言和久违的情结

其中一位还思考了一下

如何在城市的钢筋水泥间

为自己种植一片燕麦

接着，他们在地边举行诗会

这时，每一株燕麦都长出了耳朵

它们已经许久没有听到过

人类的抒情了

附近的牛群也投来赞许的目光

偶尔配合几声哞叫

它们知道，这些直立行走的

也不过是一帮吃草的动物

互动一下是应该的

四、天堂的燕麦

多年来我习惯把去过的

所有美丽的村庄

都视作自己的故乡

如果可能，我愿日都迪萨

是我的最后一个故乡

如果不能，我将告诉亲爱的人

当有一天我要远行时

请他们无论如何

都要为我准备一小袋燕麦的种子

那是送给祖先们的最好的见面礼

我要和他们在那最后的故乡

开辟一块不大不小的地

最好刀耕火种，年复一年种植燕麦

接待一拨又一拨南来北往的诗人

废弃的铁路

一条铁路

抵达城市多少年后

被废弃

但光滑的轨道

还牢牢抓住大地不放

并一丝不苟地保持着平行

因为它相信

路边居民们的耳边

还会有一列列绿皮火车

从远方满载而归

哐啷，哐啷——

还有一条铁路

被废弃后

变成一支注射器

深深扎进城市粗壮的臂膀

想给这个肥胖的巨人

注入一剂绿色的流感疫苗
因为它相信
它们之间仍然经脉相通
继续传导着来自乡间的声音

两条被废弃的铁路
其实是同一条
还会发声的钢轨

每个人都站立成春天的一首诗

——2023年春天战胜新冠肺炎疫情所感

伴着两三声咳嗽

从不死的树枝上

轻轻探出身影

兔年的春姑娘

就这样如约而至

只是脸上带着几分歉意

我们知道她刚刚转阴

她也知道我们知道她离痊愈

还有一段时日

春暖花开之际

万物在和解中生根发芽

一些笑声开始浮出泪水的海洋

走出这漫长的冬季

每一个人都必将

站立成春天的一首诗

两棵树的忠贞

——致母校宁南民中的两棵百年黄葛树

它们是夫妻树吗

牵手划过岁月的长河

相敬如宾

一棵发绿的时候

另一棵却在落叶

好似在彼此谦让芬芳的春天

它们是兄弟树吗

携手搏击生活的风雨

和衷共济

一棵沉睡的时候

另一棵却摇曳招展

好像在轮流值守校园的安宁

它们是同学树吗

挽手走过青春的年华

白首同归

一棵垂头的时候

另一棵却蓬勃高昂

仿佛在分担对方的酸甜苦辣

是的，它们是夫妻

无言之爱如此忠贞

是的，它们是兄弟

手足之情如此可贵

是的，它们是同学

金兰之花如此芳香

即使四季的更替

让它们无法牵手

它们的根，也在地下

紧紧相连

直到地老天荒